Ronaldo Cagiano

ARSENAL DE VERTIGENS

LetraSelvagem

Grafia atualizada segundo o Acordo Ortográfico da Língua Portuguesa que entrou em vigor no Brasil em 2009.

Coordenação editorial: Nicodemos Sena
Editora adjunta: Marli Perim
Design editorial (capa e miolo): Cesar Neves Filho
Desenhos do miolo: Eltânia André
Imagem da capa: Foto de cena da I Guerra Mundial
Revisão: Autor
Representante comercial: Marcelo Nogueira

O logotipo LetraSelvagem *foi idealizado a partir de cerâmica Aruak, padrões utilizados nas bordas dos vasos, compilados por Koch-Grunberg em 1910.*

Dados Internacionais de Catalogação na Publicação (CIP)
Angélica Ilacqua – CRB-8/7057

C133a

Cagiano, Ronaldo, 1961-
Arsenal de vertigens / Ronaldo Cagiano.
– Taubaté, SP: Letra Selvagem, 2024.
104 p./1ª edição

ISBN 978-65-89841-25-8

1. Poesia Brasileira I. Título
24-1273 CDD – B869.1

Editora Letra Selvagem:
Rua Cônego Almeida, 113 - Centro - Taubaté-SP / Brasil - CEP 12.080-260.
Telefone: (55) (12) 99203-3836.
editoraelivrarialetraselvagem@gmail.com
letraselvagem@uol.com.br
www.letraselvagem.com.br
www.livrariaselvagem.com.br

Entre o real e o sonho
seremos nós a vertigem.
Alexandre O'Neill

Toda linguagem
é *vertigem,*
farsa, verso fingido
no desígnio do signo
que me cria, ao criá-lo.
Antonio Carlos Secchin

O homem é *um abismo e a vertigem me assalta*
quando contemplo suas profundezas.
Georg Büchner

Quanto tempo dura essa vertigem?
Ricardo Gil Soeiro

Para Eltânia André,
anteparo contra todas as vertigens.

Aos queridos amigos
Ana Lúcia Maffud Cilli e Antonio Geraldo Figueiredo Ferreira
Regina Maria Carpentieri e Edmar Monteiro Filho
Ieda Alcântara e Osvaldo Alvarenga
Juliana Loyola e Pasquale Cipro Neto
Maristela Vendramel Ferreira e Ricardo Ramos Filho

À memória de
Antonio Jaime Soares
Di Cararra
Emanuel Medeiros Vieira
Francisco Marcelo Cabral
Joanyr de Oliveira
José Antonio Pereira
Lina Tâmega Peixoto del Peloso
Olício de Souza Pereira
Sílvio Fiorani

NO SILÊNCIO DESTA HORA

Uma tal lei do inevitável,
um certo aparato de passivos,
a vida parece cair pelas beiradas
enterrando os amigos
sufocando os pulmões
adulterando a água dos mares
transplantando consciências

e um eclipse vigorando sobre as bibliotecas.

No artefato peçonhento
do vírus,
o magistério de um alfabeto às avessas:
os falsos profetas da hidroxicloroquina
cultuam suas mentiras,
a impunidade ganha o altar
e a desumanidade, tantas vezes
escondida,

impiedosamente se desvela.

PRESSUPOSTO

Borges não toleraria enxergar
nesses tempos de absoluta
claridadedo caos.

OUTRO MAPA

Perdi a cabeça
como alguém que se perde pela primeira vez
numa cidade grande
em meio à algaravia flatulenta dos automóveis

Viajando pelos labirintos
de tantos pensamentos difusos
em quantas íntimas geografias
dei com o nariz na porta
caí extenuado
em becos sem saídas

No tormento dessas latitudes
no desamparo de outras longitudes
uma tênue Linha do Equador
separava o hemisfério de minhas inquietações
do polo inóspito de ilusões recicladas.

NO PRIMEIRO DIA DO RESTO DE NOSSAS VIDAS

esta é a hora dos mortos
a hora dos mortos sem sepultura
Alexandre Pilati

o mundo não se tornou melhor, não implodimos a ilha de Manhattan, as veias abertas da América Latina continuam sangrando e a maçã da Apple não apodreceu. Vejo um Planeta chocar-se com o desconhecido, mas não o choca o inventário da derrota, todos ainda condenados à insularidade do egoísmo, aos fetiches do deus mercado, às re(l)ações virtualizadas, à tirania do fundamentalismo eletrônico e à potência esterilizante das *fake news*. O horror do vírus travestido de estatística transformou vítimas em números. Na indigência de Nova Iorque, Manaus ou Vila Formosa, as sepulturas enfileiradas: metáfora de um sinistro código de barras na fa(r) tura dos obituários, leitura ótica da desumanidade que nos apequena e inaugura o inverno do nosso descontentamento.

BLUES DA MINHA TRISTEZA

Depois de
Auschwitz
Malcolm X
Martin Luther King
Índio Galdino
Marielle Franco
George Floyd
João Alberto Silveira Freitas
Moïse Kabagambe
Genivaldo de Jesus Santos

...

(quantos mais?)

cresce um mundo sem nome:

há poesia que caiba nesse instante que não se fatiga
em seu labor de sepulturas?
Mas é preciso cantar
e afrontar o escuro desse tempo
com sua explosão de ferrugens
Mas é necessária a palavra
e arrostar o domínio das tormentas
Mas é vital a incontinência do verbo
para interditar a manufatura de obituários...
Como cavalos alucinados num deserto impune,
o nosso galope
há de alimentar a esperança,
esse outro animal estropiado
que não conhece desatinos.

SORTE

Mas esse país
não existe. Esse paísnão presta.
Eduardo Sterzi

Habitamos esse tempo
de *hackers* e derrotas morais,
com seu arsenal de asperezas,
entre a surdez e a alienação.

Tanto sal
tanta fragilidade
nesse País que cresce em fúria e
já não tem nome,
esse lugar de necroses e emboscadas,

enquanto a História se vai tecendo
na urdidura de silêncios e dissimulações
em meio a um coro de rapinas.

Vasto e inóspito mundo,
e nele só cabem
as ilusões defuntas,
as invertebradas utopias,
os fósseis de tantas esperanças adiadas.

TEORIA DA ABSTRAÇÃO

Ou lição do caos:
nunca chame pelo nome
a antipoesia desse momento

NUM CERTO AGOSTO DE 1981

Foi numa longuíssima viagem pela estrada-de-ferro
(quando havia trem de passageiros no Brasil)
entre Brasília e São Paulo
que li –

varando a madrugada
e penetrando a escuridão dos planaltos
de Goiás e Minas –

O apanhador no campo de centeio.

Nas vinte e oito horas
entre uma cidade e outra,
de fio a pavio,
da primeira à última página,
J. D. Salinger
trouxe-me a lição do mundo

E tantos anos depois,
sempre que olho a paisagem
a partir de uma janela em movimento,

seja a caminho de Sintra
ou nos sinuosos contrafortes
das estradas de outro país,

sou como Holden Caulfield,
cujo fim de semana
contém todos os tempos de uma vida.

NOSOCÔMIO

na casa fabula-se outra casa – em ruínas
Mar Becker

A casa
é a mesma
e outra a que se esconde:
um hospício
onde

proliferam tantos fantasmas
labaredam segredos
fartam-se os obituários

e a verdade se contorce
no escárnio veemente do tempo
na voracidade dos cupins
na corda bamba de nossa miséria

Acrobatas de destinos impossíveis
(sofredores do ver) feito Maura Lopes Cançado,
a tragédia de existir
(entre ruínas)
semeia dilemas e algemas.

A VIDA NÃO TEM MÉTRICA

Matéria inabitada,
o futuro não sabe nada de nós,
assim como reclamamos do passado
aquilo que a memória sabotou
em nossos corações esquivos

Pisamos o presente
como se fosse nossa dízima periódica,

esticamos as cordas para medir os desenganos;

e o resultado é nunca absorver o mínimo
de nossa máxima fugacidade.

Na autópsia do instante,
fósseis de um tempo natimorto
povoam as vísceras do pranto.

VIAGEM AO CORAÇÃO DE OUTRORA

Aquele que visita os lugares ermos da infância
leva o alforge vazio para as sementes da rendição.
João Moita

Da minha infância
trago o cheiro de Aqua Velva
impregnado nas mãos proletárias de meu pai
e os carunchos na alma indócil
de uma mãe abandonada desde o ventre
num inverno que se fez eterno

As tesouras da barbearia
disciplinando cortes
espiam
o menino ensimesmado
projetando futuros na caixa de engraxate

Pelos trens da RFFSA que penetravam
as noites mal dormidas
irrompiam notícias que eu inventava
sobre mundos desconhecidos,
mas era no quintal de dona Maria Pequena
entre o chiqueiro e a beira do rio
que eu construía barcos ilusórios

O Meia-Pataca era o Escamandro da minha Troia interior,
em cujas águas um Hércules insepulto
tratava de enganar os meus sonhos
na trágica oferenda de naufrágios,
cemitério líquido

onde afogavam-se todos os brinquedos

Esse tempo –

do velho Pajé com suas roupas de funeral,
imperturbável sob o peso trágico das zombarias;
de Pantinhas inaugurando a antemanhã
com sua histriônica gargalhada;
do Instalação Trocada lavando carros
remunerado por café & cigarros do Mulambo;
de guris batizados pelo sexo da Corujinha;
da romaria de cães atrás da Laura da charrete;
dos bilhetes prenhes de uma sorte defunta,
que Anita Sem Pernas vendia
no seu trono sobre rodas;
de Humberto Sapo, catálogo telefônico ambulante

– habita-me como uma serpente no armário,
custa-me como um fóssil difícil de exumar.

Nas ruas desse museu sem sossego de uma alada memória,
já não apodrecem no pé as romãs do pomar lindeiro
à nossa casa, a inóspita Monark enferrujada entre as samambaias
choronas não mais assusta aquela macumba de esquina na
última sexta-feira do mêsa Underwood apodrece no ferro
velho sem datilografar cartas de amor

mas a chaminé da fábrica de tecidos, ainda que muda,
continua a apitar dentro de nós
chamando-nos para um turno
sem fim
testemunhada por inertes relógios.

NÃO SEI POR QUE ESCREVO

A poesia se perdeu,
mas ainda canto,
como a morrer
em mim,
no meu espanto.
Álvaro Alves de Faria

Mas escrevo
para despistar o diabo
enganar a morte
evitar a cobrança do aluguel
varrer os entulhos da ditadura
esquecer a absurda realidade de todos os dias

Ou, quem sabe,
porque a padaria em frente
já não faz pão na chapa
(meu vício de todas as manhãs)

porque não perdoo
quem matou George Floyd e Marielle Franco

ou quero assassinar o Cel. Brilhante Ustra
na legítima defesa daqueles que estuprou, torturou e matou

e julgar o vil sargento
que fuzilou García Lorca

para sepultar os síndicos da pandemia, esses
outros impunes fabricantes de obituários.

Se a poesia morreu, José Paulo Paes,
(e sabemos que não foi você)
ainda assim, E-s-c-r-e-v-o;
                                        e inscrevo meu canto
entre espantos e vertigens
(apesar do solo das serpentes & o punhal das dúvidas)
contra o que
já não me alimenta
ou o que ainda me apavora.

Só entendo o escrever
como energia que conduz a subversão.

GENEALOGIA DO ÍNTIMO DESGOSTO

É *isto que o tempo faz às coisas; e*
é por isso que há mistérios que ficam por resolver.
Nuno Júdice

"O mundo anda
de cabeça para baixo" –
ouço dizer um transeunte anônimo
que atravessa comigo
a faixa de pedestres
em frente ao Conjunto Nacional.

Mas quando esteve de pé? – penso –
sem que ele me escute
em meio a essa cidade
cercada de concreto.

Todo o mistério da vida
resume em nunca se saber
o que somos
por que aqui estamos
para aonde vamos

E que os olhos
não passam de gárgulas
expelindo lágrimas de um edifício em ruínas
enquanto semeamos equívocos
no campo infértil dos presságios

À parte isso,
aquele velho boteco

da Avenida Doutor Arnaldo
continua a abrir todos os dias,
faça chuva, faça sol,
indiferente ao anonimato
dos que foram habitar o silêncio
que vigora nas esplanadas de jazigos
do cemitério do Araçá.

O tempo,
esse incinerador de todos os instantes[1]
com sua artilharia insone
e sua outorga de artroses
como uma moenda de esquadrinhar,
é um *workaholic* que nunca se fatiga:
na sua contabilidade
nunca há pedidos de moratória
decretação de falências
ou venda de ativos.

Os passivos
movimentam sua mais afortunada empresa.

---

[1]In "Delirium", Adília César.

17.04 / 31.08.2016

No teatro dos horrores,
a ópera bufa dos malandros
soletrou corruptos amavios à barbárie.

VISITA A CASA

A casa.
Seiva de um tronco
por abrir.
André Osório

Almoxarifado de memórias,
o passado é ave de arribação
que pousa sobre nossos telhados
com suas garras e sua fome
e um glossário de espantos.

Como sedução
ou ferida
(e carbono 14 no bico),
rastreia a necrose que apodrece
as vísceras da casa.

O mofo obstinando
usurpando as paredes
é uma chaga
impondo sua caligrafia demolidora:

nos labirintos do alpendre
(refúgio de antigas aventuras),
uma próspera maternidade de insetos
torna estrangeira minha presença.

Sob o incontido assédio das lembranças,
escavo um sítio de palimpsestos,
albergue de fósseis
de velhos fantasmas.

Entre o ontem e o hoje,
a volúpia do calendário
atravessa a minha vida como uma cicatriz

e essa anfíbia viagem,
sem bússola nem passaporte
a uma estranha Ítaca,
instaura o peso das metamorfoses
na arqueologia da incômoda visita.

TEOLOGIA DA ESCRAVIDÃO

Quem se lembrou de pôr sobre a mesa
essas doces evidências
da morte?
Ana Martins Marques

Quão tristes são esses tempos
nos trópicos:

a selva trágica não esconde suas cifras
a pandemia inaugura outra hecatombe
esculápios renegam a verdade do vírus
e a banalidade do mal
revigora a homilia fascistoide
dos que veem na vida
mero detalhe
e na morte a frieza burocrática
das estatísticas

Abro a janela e lá fora
o dia vai cavando suas sepulturas,
oferece um banquete de horror
onde distribuem medo
e escuridão

Nessa mesa torpe,
os comensais de sempre
nos dizem que
viver não tem lugar,
cada prato é servido
com a contumácia acre

dos cálculos matemáticos,

evidência de uma desumanidade
que ganha o altar da insanidade

e salvar a economia
conta mais que poupar cada um
da fúria persuasiva da Indesejada.

Somos acossados pelo espanto,
as certidões de óbito
são redigidas pela caligrafia torpe de deus.

À DERIVA

a proporção
dos olhos
na dimensão perdida do mundo
Fernando Chagas Duarte

As horas me visitam
com sua órbita no caos:

a manhã hipotecada
conspira e repete
o rumor do inabitável

Diante da janela
(minhas retinas vindimando espantos)
o vento que me recebe
traz um séquito de rapinas
e abastece o deságio de outros corações aflitos

Se leio o noticiário
ou acesso o mundo virtual
com seus palcos e tribunais,
atraco sem âncora num mar de impossibilidades,
viajo sem bússola no vórtice do desencanto:

os ladrões de amanhãs
abarrotam o presente com um aparato de cifras deletérias

e dão conta de sabotagens e delitos
nesse tempo prenhe de orfandades.

ÁLBUM DA INFÂNCIA

As palavras são para as ocasiões,
o luto é quotidiano.
Manuel de Freitas

Em que cantos da casa
hiberna a furtiva sensação
do que fomos?

Só os mistérios e fantasmas
não dormem:
continuam a habitar
o álbum de família,
sem limites para o desacontecer.

As recordações
são palimpsestos que desvelo

        na pátina dos móveis
        no mofo que grafita estranhos seres
nas paredes
        nos picumãs que resistem
sobre o fogão à lenha
        ou no chiqueiro desabitado
que agora disputa com o vazio
os miasmas de tantos segredos.

Na velha Singer adormecida,
a hesitante linha atravessada na agulha
aguarda a tessitura do amanhã,
mas as mortes chegaram primeiro
farejando-nos com seu rumor de asas.

Todos partiram,
o cansaço visita os quartos
e digere a vida
e desse silêncio resta
inútil espólio:
os varais estão inertes,
a horta desidratada,
o pomar atacado pelo exército de bactérias,
não encontro palavras para descrever a tirania dessa hora
e nenhum alfaiate consegue amoldar a roupa
para o meu luto feroz.

Entre o que vejo e sinto,
as teias de aranha,
cúmplices das estações,
denunciam o que já não me pertence.

EXCLUÍDOS

A cidade e o abandono como animais que se devoram.
Fernando Esteves Pinto

A miséria tatua a cidade
com seus hieróglifos de horror.

Nas ruas – lares a céu aberto –
a cama de cimento
expõe à vergonha
a impossibilidade de existir.

Pintura medieval
da indigência que não se pune,
os sem-teto aviltam os olhares metálicos
com o duro ensinamento da resiliência.

A mórbida verdade
grita

e nenhum sol germina na antemanhã
do desabrigo.

Sob o chumbo dos dias,
a marginalidade de um tempo
que nunca cessa
e cresce sob a indiferença ferruginosa
dos que passam;

a luta desigual e inútil
ergue seus cemitérios

e já não podem enterrar seus mortos
os que sobrevivem,
inundados de vazio,

a fome do amanhã não se sacia
e arriscam-se, acrobatas, no fio da lâmina.

A VANGUARDA DO ÓDIO

Não deixes que te mordam a
memória os cães raivosos cuja
matilha investe.
Fernando Fitas

A vanguarda do ódio irrompe
feito um Ganges alucinado e sujo
e toma as praças do meu País
em furiosa e canina eloquência.

Em suas metamorfoses,
surge um carrossel de espantos,
engorda a legião de mutilados.

Querem destruir a memória
e ressuscitar o sangrento passado
como uma fênix pressurosa
transformada em abutre
de uma esperança resiliente.

Em sua arrogância incivil
torquemadas insepultos
erguem as fogueiras,
lançam as víboras
contra os homens e a vida
e no teatro medieval
fluem torrentes de horror e barbárie.

Na retórica subterrânea dos algozes,
no aparato demoníaco de espúria horda

a noite insubmissa instaura
germinação de silêncios
e derroga os olhares profanos
que ainda sonham.

RFFSA

Que trem cortava o tempo desse abril?
Em que viagem eu era o meu caminho?
Alcides Villaça

Nada demora tanto
quanto uma viagem à infância
com seu acúmulo de febres.

Animal descarrilado,
parece que os trilhos
fogem de mim,
menino em busca do passado,
esse vento sem tréguas.

A estação da estrada de ferro
observa-me dentro de seu degredo cadavérico,
inanimada estrutura a me sondar.

Galpões ambíguos
sucedem-se no caminho
entre sombras e sustos:

inverno de infernos
primavera controversa
outono com suas ruínas
verão sem a luz das palavras

A espessa melancolia
dos trilhos enferrujados
nos pátios de manobra

traz aos meus sentidos
o soluço da maria-fumaça,
carvoaria ambulante
com seus faróis estrábicos.

O cheiro de creolina dos dormentes
emana como madeleines que me insuflam
a busca de um tempo perdido.

O comboio que percorre
inexatos calendários ou silêncios
feito serpente entre os trovões
herdou o único passageiro insone
que desce na indomável plataforma do delírio.

O TEMPO

mas Chronos, o Implacável, o Cruel
entre os cruéis, sempre dá as cartas
no derradeiro e verdadeiro instante.
Carlos Machado

A certeza matemática do fim
ensinou-me o oráculo de Chronos:
o tempo não é matéria abstrata,
é o cupim que nos reserva
o obstinado ciclo das estações
e a oficina de foices das Parcas.

Como num lance de da(r)dos,
o acaso morreu de velho,
sei que a partida está perdida,
mas tento a última jogada
entre o entrar e o sair.

Tão inapreensível o futuro,
esse cadáver antecipado a nos espreitar;

tão longínqua a eternidade,
país sem rota de pouso,
esse espantalho sem metafísica.

Só a ampulheta nos acena com a única verdade.

Infalível animal sempre no cio,

o relógio – agenciando *a moenda dos dias* & *o susto de viver*[2]
– nunca se fatiga em sua catequese:

presas de seus ponteiros, damos-lhe corda

(forca que nos liquida com o infalível arsenal de suas trevas).

[2] In Salomão Sousa.

PASPATUR

Acordo de um pesadelo,
atracado num porto inseguro:

nada mais está intacto
até mesmo o passado
parece nunca ter existido.

Esse mundo de caos & pandemia
é tão escroto
como uma pintura de Romero Britto.

SÍSIFO

Da chama à *espada*
o caminho é solitário.
Eugénio de Andrade

Nesses tempos,
digladiando
entre ânsias e punhais,
estamos sempre
a levar a pedra ao topo
e voltar com ela,
esfolando os pés
em busca de algo
fugaz,
brigando nas trevas
e acossando as feras
com o suor e a palavra.

Ninguém disse que seria fácil
impedir a noite de fechar os olhos do sol
habitar o pavilhão de rumores
atravessar mares para fugir das guerras
(essa torpe viagem no tumulto das ondas)
carregar a tocha
e matar os leões
passar entre trigais e precipícios
ser estrangeiro e visitar hospícios
e receber na cara o discurso furioso dos ventos.

Viver é esse esforço desigual,
rosianamente perigoso,

e na rota sem escape e aporias
a desenganada sensação
de um eterno chegar ao fim da festa,
um atracar em porto sem parentes à espera
(as luzes apagadas, a cidade em ruínas).

Feito filhos de Éolo,
a que deuses ofendemos
para a injusta recompensa com inútil sacrifício?

SINTAXE DO CAOS

porque é assim que o mundo começa
e é assim que o mundo acaba
Cláudia R. Sampaio

Lá fora gritam as cifras,
(calam-se os pardais)
horrendos cemitérios
emergem do fundo das noites.

Tudo parece inexistir,
só a náusea não cessa o seu furor,
que nome dar a esse tempo de serpentes?
Que réguas para medir o desconforto?

Os dentes rangem
ao mínimo sinal da tempestade,
a neblina converte meus olhos
em outro cárcere

Em tudo há falha
ou desejos vãos
e os dias nascem e morrem cheios de nervos,
não me esperam escovar os dentes
para visitar meu pai no hospital.

É preciso ressuscitar a cada hora
e esterilizar o moedor de carne dos dias:

o desconhecido nos espreita
com sua boca ávida, com seus guantes
de aço.

Quando eu morri, um anjo certo,
desses que aparecem sem ser convidados,
veio ter ao meu caixão:

“Vai, garoto! Ser o que nunca sonhaste”.

ANTAGONISTA

A palavra é a fogueira
a queimar todos os horrores
nessa paisagem sem piedade
nem remorsos.

Atravessando desertos
& blasfêmias,
o poema não se submete
ao engano das miragens:

rio que atravessa
o mais fundo exílio,
espera o estuário,
para libertar-se
das margens opressoras,

interroga o insondável
que o espera,

seta antagonista
com sua atroz verdade,

arremesso contra a ferrugem
do tempo.

ENQUANTO A ÚLTIMA CHAMA

Anne Sexton morreu na garagem de sua casa
inalando monóxido de carbono do motor
de seu carro. Ela usava o casaco de pele da mãe
e acabara de revisar os poemas de um livro inédito.

Um dia após o seu 28º aniversário,
Torquato Neto trancou-se no banheiro,
abriu o gás e evolou-se dessa vida.

Ana Cristina César não aguentou o tranco,
e aos trinta anos jogou-se do 7º andar
do seu apartamento em Copacabana.

Virgínia Woolf, cujos ombros já não suportavam
o mundo, colocou seu casaco e jogou-se no rio Ouse
com os bolsos cheios de pedra.

No dia em que completou 36 anos, Florbela Espanca,
perdeu a vontade de viver e foi vencida por uma dose
excessiva de barbitúricos, prestes a lançar *Charneca em flor*,
pois não aguentava "sempre da vida o mesmo estranho mal, e
o coraçãoa mesma estranha chaga aberta."

Pondo fim ao seu ofício de viver,
Cesare Pavese suicidou-se em Turim
no verão de 1950.

Não suportando mais a solidão após a morte da mulher,
Sándor Márai vai ao seu encontro aos 89 anos e com um tiro
escapa do mundo em colapso que habitou suas obras.

Seguindo a tradição suicida da família –
pai, padrasto, esposa e três filhos –
Horacio Quiroga morreu ao tomar uma dose letal
de cianureto.

Stefan Zweig e sua mulher Lotte mataram-se
com barbitúricos, sem poder ver se realmente
aficção de *Brasil, país do futuro*, não se concretizaria.

Repetindo o pai, Ernest Hemingway põe fim à vida
com um tiro de espingarda, ato que foi seguido
por sua neta anos depois.

Sylvia Plath, depois de vedar com toalhas molhadas
o quarto das crianças, inebriou-se com narcótico
e enfiou a cabeça dentro do forno, morrendo intoxicada pelo
gás, tragédia que se repetiria anos depois,
pondo fim à vida de um de seus filhos.

Primo Levi escapou de Auschwitz, mas não venceu
o horror provocado pelo holocausto e a guerra, jogando-se
do vão interno do prédio onde morava.

Paul Celan, sobrevivente do Holocausto, num abril
despedaçado, antes de completar 50 anos,
afogou-se nas águas do Sena numa Paris pós-maio de 68.

Alejandra Pizarnik, indomável e furiosa, não desejando ir
"nada mais/ que até o fundo", bebe uma quantidade letal de
barbitúricos e sai de cena aos 36 anos.

Aos 80 anos, num maio carioca, Pedro Nava meteu uma
bala na cabeça, de onde seus fantasmas o atormentavam
passeando pelas praças.

Os rios profundos de sua imensa solidão afogaram José María Arguedas com um tiro fatal aos 58 anos.

David Foster Wallace não viu a graça infinita do mundo, essa piada de mau gosto que é a vida, entregando-se à forca aos 46 anos.

Yasunari Kawabata, asfixiado pela vida, vitimou-se sufocado pelo gás.

Quando Sadegh Hedayat, abriu o gás no nº 37 da Rue Campionet, em Paris, o Irã perdeu o seu Kafka.

Pouco antes de completar 34 anos, Kleist, atirando em sua companheira Henriette Vogel e depois se matando, sucumbiu à vertigem dos dias, à margem do Pequeno Wannsee.

Já deslocado desse mundo de alienação e fetichizado pela sociedade do espetáculo, em 30 de novembro de 1994 Guy Debord retirou-se para as montanhas de Auvergne, onde desconstrói a própria vida com a ajuda de uma arma de fogo.

... Gilles Deleuze Stig Dagerman Hart Crane Mário de Sá-Carneiro Serguei Iessienin Gérard de Nerval Camilo Castelo Branco Alfonsina Storni Georg Trakl Antero de Quental Malcolm Lowry Ryunosuke Akutagawa Yukio Mishima

... contra o vácuo e sem-sentido da vida, um salto no insondável e escuro sentido da morte, eles teriam dito, como Marina Tsvetaeva: "Há algo que eu não soube fazer: viver."

CAOS NO CIO

sou feito de nervos, carne, assombros, e muito do que olho
me intoxica. não é difícil olhar à minha volta – difícil
é ver o que olho.
Alberto Pucheu

A noite indissolúvel
começou bem cedo
quando lá fora ainda era dia
com suas clausuras e cristais partidos.

O vento,
cúmplice de tantas tormentas,
chicoteando a vidraça
arruinava os corredores
com seu tropel de vozes.

As horas não têm nomes
e do perímetro de cada palavra
aparece um cão rosnando
na porta do meu quarto.

O ovário da madrugada
concebe um exército de fantasmas
com o artefato do caos
a nos adoecer.

O amanhecer é uma latitude penhorada
e o assombro em meu redor
diante de suas criaturas e abismos
com tanto obscurantismo e evasão

impõe o aprendizado de todas as horas.

Há um escuro a desprender de tudo,
como uma ferida estancada
que divide o corpo em duas margens

e um rio insubmisso
feito o Nilo explodindo
sobre o chão árido da Mesopotâmia,
quer vomitar-se
sobre as planícies do eu
com o húmus da vingança.

CINZAS

Já não é possível dizer mais nada,
mas também não é possível ficar calado.
Manuel António Pina

Leio John Fante,
enquanto o mundo se povoa
de cadáveres.

Meus ombros
já não suportam o mundo,
como antevia Drummond,
pois sob a lama da Samarco
tantas mortes nos acusam
e outro inferno
ardeu em Pedrógão Grande
e rebatizou o mundo
com a palavra interdição.

Eis a energia corrupta do tempo: perdas, fantasmas, lutos.

Soturna,
a areia na ampulheta
segue cúmplice impune de Chronos.

ANTIPOEMA

Este é *um lugar*
onde nada nos sobra.
Alberto Bresciani

Num tempo sem nome
neste país sem mapa
somos todos estrangeiros
colecionando entulhos
e fracassos.

Onde semeiam-se culpas
e emergem cemitérios
não vinga a semente
de caminho algum.

Só os atalhos do caos
conduzem a um altar
aonde idolatram-se
fantasmas reencarnados
e arregimenta-se o arsenal
dos algozes;

outros, exumando perigos,
entoam mantras ao torturador
no circo hemorrágico do Parlamento;

e a Inquisição renasce
como fênix trágica
nas trincheiras de Curitiba,
onde um ódio reciclado

revoga compaixões,
apodrece os pomares
e ergue estátuas a uma outra noite

Enfermos, cobertos de cicatrizes,
nenhum antídoto estanca
o veneno desses dias

Cansados, famintos e sem astrolábio,
entre procelas e monstros
nas hostes de um *talvez* e do *quem sabe*,
só Munch dará vida
ao grito que nos convém.

IRMANDADE

Gregory Corso
nasceu e morreu nos Estados Unidos,
mas quis ser enterrado ao lado
de Percy Bysshe Shelley,
no Cemitério Protestante, em Roma

Seu espírito fluente
foi juntar-se
às profundas águas do poeta inglês

> *como um rio*
> *sem medo*
> *de tornar-se*
> *o mar*[3]

---

[3] Inscrição no túmulo do poeta.

CIRCO

Foi um dia como os vivos
jamais desejaram.
Daniel Francoy

Aquela arena onde os punhais
assanhados
nunca tiveram tanto trabalho
reverbera em mim
como uma seta de fogo
na escuridão.

A insolência em pleno cio
ecoa numa basílica de torpezas:
em sua acrobacia de vetos
fermentou a barbárie de agora
e alimenta a noite impune
entre os vitrais partidos
e temp(l)os de deuses monetários.

A verdade enclausurada e faminta
ante a sangria dos imbecis
ainda resiste nos campos
desidratados,
nos canteiros rígidos e estéreis,
em que medra
a flor transgênica do ódio.

A dialética dos macabros
comandando ignóbil tribunal
sacramenta o antigo desdém pela verdade.

Esse dia – essa ferida! –
invade-nos – dolorosa infâmia! –
como as águas rebeldes
do rio insubmisso
que deflorava as noites
e infiltrava de horror a minha infância.

Esse circo de rapinas – tanto fel! –
esse festim de sabujos enlouquecidos – quanto luto! –
como a lama assassina da Samarco,
pela voz dos algozes
soterrou um País num sinistro calendário
(17 de abril/31 de agosto de 2016).

INSÔNIA

mas a noite anunciada
aconteceu feito um susto.
Moacir Amâncio

Num cais de espúrias rotas,
vindo de abundante escuridão,
ela chegou-nos como um soco,
embarcação carregada de desalentos:
anunciada pelo festim dos insolentes,
proclamada pelo clarim horroroso
das blasfêmias

Apontando ao longe,
no dorso das procelas,
sob o breu de torpezas
e vinganças,
como uma nau de insensatos,
aporta com seus aparatos
e chacais perfurando os olhos

Instaurou a noite
em que nossas vigílias
não terão descanso
ante a infatigável
litania de cães ferozes
resguardando a usina
de dejetos

& impondo uma estrada
de sombras e sustos

POR FORA

Estrangeiros sempre
agudamente colhemos os frutos discordantes.
Ana Hatherly

Por dentro deste silêncio
corre um grito que nos consome,
nasce do embate dos punhais
do digladiar das enxadas
do cansaço das vidas amputadas

Nesses caminhos
sem direção nem sonhos
o peso da noite
ergue catedrais
de insônias

A humanidade
palmilhando nos desvãos
expande-se nos desertos
que a consomem

Os caminhos se bifurcam
como a língua bífida de uma serpente
e nos apartamos
dentro de nossos íntimos domínios

onde desiludidas colheitas
denunciam a terra arrasada,
a indecisão dos atalhos
e os pulmões carunchados

que nos obrigam
o subir e descer com a pedra,
este estranho desassossego
na muda paisagem
de um tempo que nunca passa,

Entre vertigens e voragens,
animais em espúria migração.

Lá fora,
        a vida estática, o relógio de muletas,
        a flecha no coração, a saliva cansada das nuvens,
é o de-dentro
que não se concluiu.

ESTRANGEIRO

E a noite com seus gumes,
pleno animal em chamas,
não nos devolve
aos dias que não conhecemos

A pedra anônima
a embrutecer o peito
não nos deixa escavar
para alcançar a manhã

Esse lugar
apartado,
habita-me
como o ventre da baleia
que engoliu Jonas

Passageiro indomável,
desertor de todas as paisagens,

nenhuma Nínive
acolhe-me do vasto pesadelo,
nenhum peixe
devolve-me às vísceras do sonho

LENDO PAUL CELAN
(E PENSANDO EM EMIL CIORAN)

A realidade é essa coisa sórdida e bruta.
E seu presente é *todo feito de passados.*
Samuel Rawet
"Velha história de maçãs"

As palavras têm febre
redemoinham dentro de nós
com suas espirais de fogo
em meio ao ritual de olhares fatigados
nessas horas sem indulto

É delas a náusea,
o insubmisso grito,
o braço armado
da ira que não se retém,
o vórtice que tudo consome
em meio ao vulcão dos vermes

Cada verso
irrompe com seus nervos no cio
para impedir a ressurreição dos holocaustos
e seu comércio de afrontas

Na paisagem maquiada pelo nevoeiro dos desastres,
cada verbo é
uma voragem
        contra a vertigem das noites
        e as ciladas
        que nos fazem estrangeiros

em nossas casas, albergues
de fantasmas

O poema é a única *fuga da morte*,
– essa incurável certeza –
num tempo acorrentado por ânsias e mistérios;
neste mundo com pedestais de luxo
entre icebergs de lama;
nos campos de concentração de pandemia e luto
enquanto a impunidade gargalha em silêncio
e todo o planeta carece de armistícios

A poesia é a lâmina que nos convém
para cortar na epiderme dos dias
o pomar de bactérias
e sua fermentação de desalentos.

UM RIO: O QUE DIZ

> *Um rio não divide*
> *duas margens.*
> *O que se planta nos lados*
> é *o que separa.*
> Edimilson de Almeida Pereira

O Pomba é um rio extenuado
que corta minha cidade
como uma faca atravessa
a fruta inerte e submissa.

Migrante criatura sempre em fuga,
em seu leito

– sepulcro de anzóis,
latrina impune com seu
arsenal de escórias e histórias –

a infância em
descompasso era um bater
de remos entre miasmas.

Animal que não se adestra,
liberta-se feroz das margens
desviando-se em sua atarefada e líquida viagem,
num absoluto desassossego:
suas águas invadem nossas casas
como um estupro
na calada da noite

Barco imprudente
vincando a irrisória população de lambaris,
refém do espetáculo seminal das nuvens,
nem sempre há tempo
para agarrar-me ao cais

Em sua incessante pressa,
o instinto heraclitiano
desautoriza-me
a nele me reconhecer

ASSIMETRIA

A rosa insuspeita
(não importa se nascida
da fatalidade ou do arbítrio)
em sua fuga do caos
agride o desaforo do asfalto
e proclama seu lugar no mundo
em meio à coleção de esquifes

Os sombrios tempos
têm vergonha de sua exaurida verdade
diante da primavera
e suas flores subversivas
que derrotam a escuridão
afrontando a regência do medo

Entre cismas e cinzas
um pássaro irrompe ao longe
cativado pela inóspita floração
e esteriliza, com seu aparato veloz,
o desequilíbrio desse tempo
& implode
as redomas do caos

VIA DOLOROSA

e que duros estes dias
que chumbos que estúpidos
Adriana Lisboa

Nesse parto
de um silêncio-algoz
aprendo com o colóquio
das cigarras
a afrontar os olhos grávidos de desconfiança
a desviar os lábios prenhes de embaraço

São torpes esses tempos

[de
pandemia e desacatos,
fósseis de generais a relinchar o passado,
delações premiadas plantando cupins na democracia
e mentiras levando vantagem]

cheios de ruas doentes com sua gente irreal
em sua impune fecundação de violências

As casas engolem os homens
e suas fraturas expostas:
ausentes, inúteis, cansados,
não percebem lá fora
os escombros
a lama
o pandemônio
as digitais do demônio

o aplauso aos algozes
a avareza dos capatazes
a diarreia tóxica dos evangélicos
o arrolamento de torpezas

– o enterro da verdade
alimentando a fome dos obituários

Onde mora a cativa solidão dos meus pesares,
          quando avulta,
          saturada, toda a
          incompreensão,

(a esperança de quarentena, as ilusões confinadas,
cada um de nós em seu próprio exílio,
abortados na tirania da longa espera
de verões equivocados
enquanto os pusilânimes cagam regras
e a esperança com suas asas consomem-se
na ofensa dos dias),

o Pantanal e a Amazônia
morrem deprimidos pelo fogo
sucumbem à evisceração
dos garimpos

Em meio à floração de nadas
ou entre o nervo e as ausências
num planeta sitiado pelo vírus
e as cartilagens do engodo,

a(s)cendo a substância mineral
da minha bile,

foco íntimo de meus incêndios
contra a opulência delituosa do cinismo
e a corrosão infame dos indiferentes,
germinando falácias
e falências.

INSULARIDADE

O agora é um deserto
Marcos Losnak

Todos os desertos
num tempo só
num homem só

Estamos aquartelados
e divididos
enquanto os vassalos do mercado
tripudiam sem escrúpulos
as dores e os obituários
em sinistra romaria
nas fossas palacianas

Nossas casas: sepulcros do medo
A rua: o cárcere insolente da pandemia

Entre tantas noites e pouca luz
sob o caos e a ruína
somos animais desesperados
reféns do imponderável
nesse cenário de rituais envenenados
e alegrias subtraídas

Esse agora travestido
de espúria normalidade
pertence ao inefável,
e dissolve-se no domicílio
das Parcas

Os horizontes fracassaram
diante dos nossos olhos,
nada além da longa espera,
nada menos que o desviver

Ante a didática do insondável
e o estremecer da vida,
todos homiziados
numa epidêmica virtualidade,
tão amarga quanto o vazio dos domingos

Enquanto o passado pede socorro
e o presente morreu de tédio,
já é longa a vertigem
e o futuro inabitável.

À GUISA DE UM POEMA DE FERNANDO PAIXÃO

Rio: corpo
sem nenhum limite
por onde
indiscretamente
me entrego ou escapo.

BALADA DE UMA INFÂNCIA PERDIDA

O menino que dorme na praia
é nosso eterno espelho.
Alexandre Marino

Numa praia
em Bodrum, na Turquia,
o agreste 2 de setembro de 2015
jamais será esquecido
como a ressurreição da Idade Média,
a ruína de toda esperança.

Foi pelas lentes da fotógrafa Nilufer Demir
que o corpo de Alan Kurdi,
o menino sírio de sete anos
(encontrado por um policial),
tatuou sua enfática Guernica
nas areias estrangeiras,
porto inseguro de sua onírica
travessia.

O sonho, natimorto, afogou-se
entre tristezas e interrogações
nas águas assassinas do Mar Egeu
(albergue de cadáveres anônimos)
e o futuro vetado
homologou irrecorrível sentença.

E ele, triste Jonas desfeito em outra Nínive,
dormindo nas profundezas de um sono injusto,
nem soube que ali
(domicílio do luto coletivo),
um dia nasceram Heródoto e Dionísio.

QUARENTENA

Um de repente caótico no vazio.
Edmar Monteiro Filho

Da janela promontório
ausculto a cidade
imersa numa vastidão silenciosa e vazia.

Entre
nadas e ausências,
uma mulher absorta e um amolador
de facas cruzam-se na faixa de pedestres
e penumbram o verão parado e sem sombras.

Esta inequívoca solidão
inunda-me na tarde imóvel.

NO DESERTO DESSA HORA

O deserto é minha casa.
Ondjaki

Noites e dias
tatuados nas paredes da casa
constroem mapas no vazio
com a caligrafia de sombras e segredos

E o tempo
com suas erosões e armadilhas,
esse rio-distúrbio
assoreando as idades,
mostra-me as margens
com sedimentos do inacontecido.

Vou ao quintal inundado de ausências
e nas reentrâncias de um muro caduco
o passado é o único animal
que se mantém vivo.

Os olhos como uma bússola trôpega
apontam para jardins exaustos
onde, inútil e cansado,
tento exumar meus cadáveres,
insanos sonhos da infância.

Esse caudal pródigo de desafetos,
agora metamorfoseado em afluente
de dejetos emocionais,
cataloga silêncios e velórios.

DISTOPIA

Cada um é sua bússolae seu abismo.
Salgado Maranhão

Que vale a bússola

nesse mundo sem orientação,
com suas noites e tempestades,
com suas vertigens habitando
currais devastados pelo medo,

em rotas colidindo
na órbita das contradições?

Nomeio meus pesadelos:
em meio a tantas insônias
crepitam ferozes insânias
e eu farejando abismos,
perdido como um cão
entre os escombros
de Aleppo.

OUTRA VISITA

Esta casa hoje sou eu –
e o que a vida acrescenta:
um pouco de sonho e não.
Dércio Braúna

O lustre da sala,
inerte e empoeirado
e o relógio com seus
ponteiros adormecidos –
inutensílios que testemunham
os escuros de tantas vidas

Nessa cadeia de lembranças
aonde fotografias
e sobrenomes
adubam o passado
numa comunhão de dissabores,
falta-me o estilete persuasivo
para entalhar outros destinos
e desabitar essa aldeia de insetos

O tempo – essa
militar tecelagem de Chronos –
com sua horda de resíduos mortais
e a combustão de enfermidades
não derroga o presente
de convívios fatigados
e caminhos retorcidos

O barulho que (es)corre

pelos desvãos do telhado
não vem do banquete dos cupins
na frágil cumeeira,
mas são rumores
do insondável

Tudo são sombras
nas paredes enfermas
decalcadas de mofos
e goteiras, em cujas fendas
sob o telhado em ruínas,
habitam tantos fantasmas.

INCONFIDÊNCIAS DE UM MINEIRO
(Variação confessável sobre um poema de Drummond)

Tantos anos morei em Cataguases,
mas nunca vivi lá
(embora lá tenha nascido): meus olhos
contemplavam outros mundos,
minhas pernas buscavam outras Pasárgadas,
meus ombros não suportavam
a passividade de seu povo:
essa gente (esmagada pela vidinha rotineira e estéril)
com noventa por cento de algodão nas narinas,
(ouvindo o vade-mécum de condenações
nas missas de domingo
e títulos de cidadania honorária no 7 de setembro)
oitenta por cento de desesperança
diante do curral como destino.

Mas essa angústia maciça
de quem mergulhou nas águas fétidas do Pomba
(esse sôbolo rio que vai feito um Tejo desmesurado)
trouxe-me a melancolia de um deslugar:
o que poderia ter sido e não foi.

Esse espanto diante das coisas,
aquela inquietação quando olho o mundo em retrocesso
vem da insatisfação de ver
seus operários explorados,
suas tristes donas de casa
(mulheres alijadas do amor),
seus estudantes sem expectativas
e a terceira idade a contar o tempo

jogando dama e porrinha
e nas praças mutiladas pela monotonia
as estátuas de Getúlio Vargas e Astolfo Dutra
se revezando como latrina dos pombos.

De Cataguases trago algumas lembranças:
a velha Maria-Fumaça irrompendo pela madrugada
as águas insubmissas do Meia-Pataca
invadindo nossas casas
a Singer da dona Cidinha costurando outros destinos
a Corujinha a tornar mais humana a nossa desumanidade
o jogo-do-bicho como esperança de uns poucos
a vizinha com seu rádio ouvindo *A hora do Brasil*
o mau cheiro impune da fábrica de papel
a política epidêmica e seus currais insalubres
os balaços do Luquinha
defenestrando o vereador arrogante
a intransponível matemática de Lysis Brandão
a impaciência do prof. Gradim
em suas lições sobre a crase
e Rosario Fusco a nos mostrar a verdade
escondida no sol
num lugar cuja única sorte é morrer de tédio ou de cirrose.

Nem joias, nem poupanças no banco,
nem ações da Força e Luz – nada disso tive ou quero.
O que tenho de lá é o que me sobrou
sob a pátina definitiva da mão
do tempo: a insularidade como destino,
o estrangeiro que habita em mim,
morada insalubre,
e a eterna sensação de um final de festa.

Cataguases é apenas uma fotografia
numa parede insultada pela austeridade das goteiras,
e enferma pela cizânia dos mofos
e a mediocridade balofa de seus coronéis,
mas já não dói, pois da cidade,
corrompida nas impurezas
do afeto virtual e das promessas vãs,
até o passado nem sabe se existiu
e o presente é um barco ébrio
num mar de faróis apagados.

Por isso, discípulo do nada,
recolho nesse rude arrolamento
a mesma tristeza dos domingos
silenciosos, vazios e sem sinos a repicar
e só o tempo,
caruncho dos dias,
é que de tudo
nos va(ti)cina
com seus decretos & ferrugens.

AFRESCO

Desse mundo que em nós (o)corre
como um sangue envenenado,
tentamos escapar,
            entre escuros & escombros,
de sua crueldade matemática,
tatuando labirintos,
            entre lâminas
e tocaia de serpentes.

O outro é meu enigma,
a neblina num estrangeiro desabitado:
em sua história estão cravados
os muitos vírus que eu desconhecia,
na ressurreição de fantasmas natimortos,
há um museu onde a humanidade
expõe todos os seus plágios
e fracassos

e em cujos salões de tantos passos perdidos,
onde desfilam contendas e esquifes,
adentramos sem pagar ingresso,
navegando nesse rio inútil,
sem saída de emergência.

RIO POMBA

... engasgo num rio de dúvidas
e pereço... só a palavra é cúmplice
do que enlouqueço.
Clarissa Macedo

Esse rio me incide
como a lâmina numa carne,
cadáver adiado
se recompondo na voragem
dos dias

Suas águas secam-me
com as asas de teu nome,
ave em queda
como uma cascata de dúvidas
num terreno baldio
onde todas as loucuras adormecem
sob as bênçãos
de Arthur Bispo do Rosário
e as profecias de Gentileza.

Como esse leito
em sua antiguidade bíblica
que de outras correntes se alimenta,
também do que pela frente não avisto
além da calvície das margens,
em seu estropiado navegar
faço o meu caminho
e nele o meu afogar.

E o grito
o susto
o desolado gesto
da canoa numa margem qualquer
são os remos que me conduzem
a uma foz que desconheço,

essa esquina:
única certeza
que não me
demove.

INVENTÁRIO

O que vira
na esquina
é *a morte.*
Ederval Fernandes

Nesse tempo
de manufaturar desacordos
cada esquina
me aponta
um arsenal de vertigens,
e para trás o espólio sinistro
de um horizonte vedado
e cidades devolutas
e sem chão

Ao virá-las,
vestígios da inútil tentativa de domar o passado:
quantos anos já não trago
tantas perdas contabilizei
que ares sufocados nos pulmões
entre mil estilhaços que jamais se juntarão.

O dilúvio
de outros desdéns
garante o ciclo da (não) vida,
o comércio de enfermidades,
a neblina dos desamores.

Barco à deriva, vassalo das tormentas,
entre escoriações e febres,
perdemo-nos

enquanto adensa-se
a escuridão,
incivilizada e espúria
resposta
à busca de um cais
onde possamos esquecer
o insuportável mau cheiro da memória.[4]

[4] *in* "Ruínas", Carlos Drummond de Andrade.

UTOPIA FALHADA

É tempo de poucos sorrisos neste país, e há dias
em que o desalento de tantos nos contagia.
Julián Fuks
"A ocupação"

Eu vou
pra Maracangalha,
pois não encontrei
minha Pasárgada
não há Shangrilás
possíveis
nesse tempo fulminado por exéquias.

O passado tatuando ausências
tropeçando na gestação de silêncios,
o país escoltado por milícias
ensinando o dialeto de novos apartheids.

Alucinado e compacto enxame,
fermentado no servilismo vil,
a boçalidade hereditária
dessa massa de pústulas ostenta,
com fel e estupidez,
o seu pecúlio de sombras sinistras
de um passado de açoites
(esqueleto vivo, fanático e sedentário).

E dessa hostil e irreparável frieza
(lugar onde todos carecemos de sentir)
nasce o rumor fatal de um dialeto

cujas palavras em sua mecânica feroz
– violência infame que brota das entranhas –
lega um espólio de destroços e ruínas
para contar a história violada
e confirmar a irremovível certeza
(embrião do pior dos mundos):

a vida sempre causa danos.[5]

[5] *in* "Impressões do pântano", Luis Dolhnikoff.

ARROLAMENTO

A vizinha crente
com sua bíblia surrada
e um insuportável hálito fecal

O barbeiro Segismundo
e a mania de recitar versos
de J. G. de Araújo Jorge

Dona Mundinha
vendendo chouriço
e um filho vencido pelo crack

Na violência mecânica do caos
o inventário dos escombros
nesse mundo chancelado Made in China

A longa cicatriz aberta pelo vírus
decretando tempos de certeza derrogada
entre impérios atordoados

Na procissão dos imbecis
um rol de cardumes indiferentes:
rio esconso e bilioso
atormentando o horizonte

Na pátria de silêncios
instalada pela pandemia
e os arroubos
da imbecilidade evangélica
somos filhos de tantas emboscadas

O mundo acabou,
tem razão Glauber,
"Sintra é um belo lugar para morrer"
após a desilusão e essa
so(m)bra de um banquete
de horrores
num hospício lauto
e uma espada de Dâmocles:

entre a volúpia dos ódios
e o tumor letal da inércia coletiva
habitamos a ferida dos dias
na passagem narcótica do tempo.[6]

[6] *in* "Acidentes", Hélia Correia.

NOMADISMO

O mundo com suas alfândegas
inescrupulosas
seus cartórios movediços
e a vida, ávida,
a nos penetrar com seu aço
e sua bile
com o prodígio déspota
de um vírus
banqueteando as Parcas.

Tudo isso dilacera-me
como *Deus e outros quarenta problemas*[7]
e suas insaciáveis mãos
que não descansaram no sétimo dia
e continuam a escrever
com torta caligrafia,
a nossa
História Universal da Angústia.[8]

Peixe num rio inútil,
outros cardumes me devorarão
enquanto a sordidez de ígneos anzóis
me afogará antes do crepúsculo.

Imigrante de nenhum planeta,
em cujas rotas
verdejam burocráticos sentimentos

---

[7] *in* W. J. Solha.
[8] *in* W. J. Solha.

com suas rações e suas trombetas,
só o poema me detém.

Meu ofício é escalar o nunca,
esse abismo sem ordem ou remissão,
onde não há pedágio
para a carruagem de infortúnios.

O tempo, senhor das blasfêmias e erosões,
esse rio que nos afogará
na áspera certeza do nada,
(e nos decreta o permanente estatuto de refugiados)
só aguarda a definitiva escassez de braços
para atravessar a fome do leito devorador

ODE A UMA DISTANTE ILUSÃO

Nada vale nada com algemas.
Rosario Fusco

Nesse tempo
em que a violência mecânica do caos
e a longa cicatriz aberta pelo vírus
vão definindo os mapas
de espanto e solidão
sem rotas de fuga nessa
geografia íntima *do deserto*,[9]

[travessia entre
        escombros
        certezas derrogadas
        impérios atordoados]

encontro
na procissão de cardumes indiferentes
um rio esconso
atormentando os estatutos
da fragilidade:

O amigo de outrora
(flor a afrontar os pântanos)
renascido como uma fênix,
instala-se entre mim
e o arsenal de vertigens
para subverter hospícios e cadeias,

---

[9] *in* Micheliny Verunschk.

e, conspurcando a pátria de silêncios,
romper amarras
e desatar algemas.

No dialeto do medo
a fidelidade venceu
a nômade escuridão
que, mesmo à distância,

(nos) habita
na ferida dos dias.

CONFIGURAÇÕES DO ESPANTO

Ainda há ruas para a revolta do mundo.
Jorge de Sena

Como atravessar o tumulto macabro
nesse anfiteatro de horrores
sem o escrutínio da indignação?

Os homens soam
ferozes
e a política se dilui
entre o cortejo dos guichês
e a lambança na pocilga

Percorremos a sacralidade do caos
em meio à totalitária argumentação
da morte
às pleonásticas núpcias
dos pusilânimes
com sua prole de vampiros

Enquanto escorpiões em romaria
concebem traições onde querem,
a religião dos genocidas
ergue seus fatídicos temp(l)os

Em seu ímpeto escatológico, viúvas negras
ovulam nas consciências inermes
e os corações domesticados
são planícies rachadas
imoladas pelo fogo

E nos perímetros da tragédia,
já tão fraudada por contágios,
pela mecânica dos desertos,
e os comícios da impostura
resistem a póstuma certeza do nada
e a vertigem de uma geografia (de desdéns)

Em sua atômica potência,
o silêncio implode
o que resta do que não f(l)ui:
sintaxe da ruína, caligrafia do desastre
- matéria-prima com a qual
reivindico o espanto
diante da fúnebre convulsão dos dias
quando deparo com o cadáver insepulto
da nossa miséria
e já não conseguimos
desarmar as nuvens
ou exorcizar fantasmas.

Estrangeiros nesse nada que nos derrota,
construímos uma solidão inflamada de vertigens, sucumbimos
na apoteose das nulidades
entre
        a sofisticação das intrigas
        e a versatilidade dos engodos

Razão maior tem Cioran a nos dizer,
entre a corrosão e o desencanto:

"Seria a existência o nosso exílio e o vazio a nossa pátria?"

OUTRAS VERTIGENS
(ou APRENDIZADO DO ABISMO)

O que é do abismo
a ponte não doma.
Guilhermino Cesar

1.
estrume de uma sociedade
empanturrada de beócios
eis o poder constituído
com seus coeficientes
de fascismo e beligerância

2.
nessa cidade marmórea, gélida
e imóvel,
seres divididos entre o caos
e a perdição

3.
em tudo, a mutilação
o engodo levado ao paroxismo
alimentando
a torpe usina de ciladas

4.
somos um nada nesse espectro
dissonante em que a festa dos ácaros

no banquete de poeira e mofo tripudiando as paredes
alimenta-se da nossa desesperança

5.
grandes desertos nos desalojam:
o habitat do nosso desencanto
é o coração esturricado
pelo incêndio do que restou
das utopias

6.
pranteando o passado
à medida que os anos se dilatam,
o presente é um animal
prenhe de feridas na alma

7.
nesse tempo
de ressurreição de tantos fósseis,
escasso reduto de possibilidades,
construímos uma solidão inflamada de vertigens
que nos corta feito uma obsidiana
que nos devora feito um latifúndio de cupins
a gemer nas cumeeiras

8.
sucumbimos
à apoteose do nada
na sofisticação das intrigas,
na versatilidade das traições

9.
a militância diarreica
e delinquente dos mentecaptos,
a hemorragia farisaica
dos evangélicos
          (esses zumbis que desconhecem
          metáforas e orgasmos)
ah... quanta falta de debate!
quanto adubo nos subterfúgios!

10.
e a morte,
          ela mesma,
soturna criatura das emboscadas,
em seu hábil percurso
segue indomesticável;
resoluta, vai enxertando
os cemitérios
na desordem oxidante dos calendários.

O AUTOR E SUA OBRA

Mineiro de Cataguases, Ronaldo Cagiano viveu em Brasília (onde se formou em Direito) e São Paulo e está radicado em Portugal. Estreou com *Palavra engajada* (poesia, 1989) e, dentre outros, publicou *Dicionário de pequenas solidões* (contos, Ed. Língua Geral, Rio, 2007), *Moenda de silêncios* (novela, coautoria com Whisner Fraga, Ed. Dobra, SP, 2011) *O sol nas feridas* (poesia, Ed. Dobra, SP, 2013, finalista do Prémio Portugal Telecom), *Observatório do caos* (poesia, Ed. Patuá, SP, 2016), *Diolindas* (novela, coautoria com Eltânia André, Ed. Penalux, SP, 2017), *Todos os desertos: e depois?* (contos, Ed. Patuá, SP 2018), *O mundo sem explicação* (poesia, Ed. Coisas de Ler, 2019, Lisboa), *Cartografia do abismo* (poesia, Ed. Laranja Original, SP, 2020) e *Horizonte de espantos* (contos, Ed. Urutau, Lisboa, 2021). Venceu o Prêmio Brasília de Produção Literária 2001 com o livro de contos *Dezembro indigesto* e obteve o 3° lugar no Prêmio Jabuti de Literatura 2016 com *Eles não moram mais aqui* (contos, Ed. Patuá, SP, 2015/ Ed. Gato Bravo, Lisboa, 2018). Escreve resenhas e artigos para diversos jornais e revistas. Organizou as coletâneas *Poetas mineiros em Brasília* (Ed. Varanda, DF, 2001), *Antologia do conto brasiliense* (Projecto Editorial, DF, 2004) e *Todas as gerações - O conto brasiliense contemporâneo* (LGE, DF, 2006).

Arsenal de vertigens foi composto na tipologia Janson Text 11 x 14 e impresso sobre papel Polen Soft 90 g/m2, pela Gráfica Nossa Impressão, Rua da Mooca, 390, São Paulo, SP, Brasil, para a Editora Letra Selvagem, no outono de 2024, ano em que se comemoram os 500 anos do nascimento de Luís Vaz de Camões; os centenários dos nascimentos de Alexandre O'Neill, Amílcar Cabral, Anna Maria Martins, António Ramos Rosa, Benedicto Monteiro, César Leal, Fernando Campos, Fernando Sabino, Geir Campos, Hélio Pellegrino, James Baldwin, José Donoso, Ledo Ivo, Osman Lins, Salim Miguel, Sebastião da Gama, Truman Capote e Zbigniew Herbert; os centenários das mortes de Anatole France, Franz Kafka, Vicente de Carvalho e Vladimir Ilitch Lênin; o cinquentenário das mortes de Anne Sexton, Cassiano Ricardo, Miguel Ángel Asturias e Pär Lagerkvist; e os 50 anos da Revolução dos Cravos.